KB235723

작고
파란
꾸러미

글 노마 스폴딩
오스트레일리아에서 태어나 태즈메이니아의 여러 지역에서 어린 시절을 보냈습니다. 태즈메이니아 대학에서 문학사와 교육학을 공부했고, 결혼한 뒤 신학 공부를 시작해서 목사가 되었습니다.

그림 스티븐 마이클 킹
오스트레일리아 시드니에서 태어났습니다. 열 살 되던 해 찾아온 청각장애로 사람들과 이야기하는 것이 어려웠던 그에게 그림은 탈출구가 되어 주었습니다. 주요 작품으로 『폴짝 폴짝 에밀리』 『패트리시아』 『내 짝꿍 에이미』 『아빠 나 사랑해요?』 『딱정벌레 수프』 『잭의 올빼미』 등이 있습니다.

옮긴이 권은정
경북 대학교 대학원에서 영문학 석사 과정을 수료했습니다. 1990년대 대부분을 영국에서 살면서 한겨레 런던 통신원으로 일했습니다. 지금은 번역가, 저널리스트로 활동하고 있습니다. 『그 사람이 아름답다』 『젠틀맨 만들기』를 썼으며, 『그녀가 나를 만나기 전』 『타인의 아이들』 등을 우리말로 옮겼습니다.

THE LITTLE BLUE PARCEL by Norma Spaulding
Text Copyright © Norma Spaulding 1998
Illustration Copyright © Stephen Michael King 1998

First published by Scholastic Australia Pty Ltd in 1998.
This edition published under license from Scholastic Australia Pty Ltd.
All rights reserved.

Korean Translation Copyright © Munhakdongne Publishing Co. Ltd.
Korean edition is published by arrangement with Scholastic Australia Pty Ltd. through TCM-Inter Australia Co.

이 책의 한국어판 저작권은 인터오스트레일리아를 통해 Scholastic Australia Pty Ltd.와 독점 계약한 (주)문학동네에 있습니다.
저작권법에 의해 한국 내에서 보호를 받는 저작물이므로 무단 전재 및 무단 복제를 금합니다.

작고 파란 꾸러미

초판인쇄 2003년 11월 20일   초판발행 2003년 12월 15일
글 노마 스폴딩   그림 스티븐 마이클 킹   옮긴이 권은정
책임편집 염현숙 원선화 염미희 김유정 신혜영   디자인 박정은 정연화
펴낸이 강병선   펴낸곳 (주)문학동네   출판등록 1993년 10월 22일 제22-188호
주소 413-834 경기도 파주시 교하읍 문발리 출판문화정보산업단지 513-8
전자우편 kids@munhak.com   인터넷 www.kids.munhak.com   전화번호 (031)955-8888   팩스 (031)955-8855
ISBN 89-8281-771-9   03840   * 잘못된 책은 바꿔 드립니다.

「이 도서의 국립중앙도서관 출판시도서목록(CIP)은 e—CIP 홈페이지(http://www.nl.go.kr/cip.php)에서 이용하실 수 있습니다.(CIP제어번호: CIP2003001554)」

작고 파란 꾸러미

노마 스폴딩 글 | 스티븐 마이클 킹 그림 | 권은정 옮김

문학동네어린이

길가 끝 웅크린 듯 서 있는 조그만 나무 집에
삐뚤 아저씨와 빼뚤 아줌마가 살고 있었어요.

빼뚤 아줌마는 말이 없고 겁이 많아
사람들을 무서워했어요.
특히 삐뚤 아저씨를요.

빼뚤 아줌마는 하루 종일 집 안을 쓸고 닦고
먼지를 털어 냈어요.

……그리고 기다렸지요.

삐뚤 아저씨는 큰 소리를 질러 대고
으스대기 좋아하고 잘 웃지 않는
사람이었어요.

삐뚤 아저씨가 하루 종일 하는 일은
기다리는 것이었어요.
기다리면서 정원을 가꾸고,
삐뚤 아줌마가 쓸고 닦고 먼지를 털며
짬짬이 만들어 준 음식을 먹었지요.

삐뚤 아저씨가 대장이었어요.

집 안에 있는 모든 것이 삐뚤 아저씨
마음대로였어요. 빼뚤 아줌마까지도요.
정원에 있는 모든 것도
삐뚤 아저씨 마음대로였어요.
조금이라도 마음에 안 들면
꽥! 고함을 질렀답니다.
목소리가 얼마나 큰지 빼뚤 아줌마는 와들와들
떨었어요.
작은 집도 덜덜 떨며 점점 더 움츠러들었지요.

세제

어느 날 빼뚤 아줌마가 말했어요.
"오늘도 난 쓸고 닦고 먼지를 털 거예요.
하지만 더 이상 기다리지는 않을 거예요!"

삐뚤 아저씨도 말했어요.
"오늘도 난 정원을 가꾸고 당신이 만들어 주는
음식을 먹을 거요. 하지만 나 역시 기다리지는
않겠소!"

빼뚤 아줌마는 비질을 하고 먼지를 털어 냈어요.
그리고 막 걸레질을 하려는데, 이 층에서
쿵! 하는 소리가 들렸어요.

"무슨 소리지?"

빼뚤 아줌마는 한 번에 두 계단씩 뛰어 올라가
침실 문을 열었어요.
그리고 살며시 안을 들여다보았지요.

아, 드디어 왔어요. 방 한가운데,
반짝이는 파란색 종이에 싸인
아주 작은 소포 꾸러미가요!
"어서 열어 주세요." 하고 속삭이는 것 같았어요.

헉! 빼뚤 아줌마는 숨이 탁 막혔어요.
가슴이 콩닥거려서 말이 나오지 않았어요.
이젠 더 이상 기다리지 않으려고 했는데,
소포가 오다니!
빼뚤 아줌마는 소리쳤어요. "왔다, 왔어!"

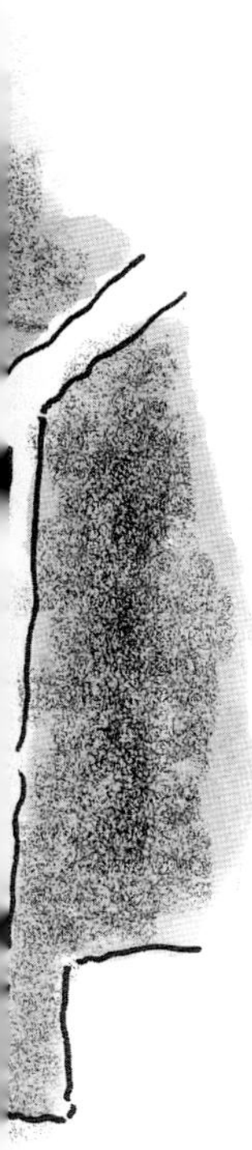

삐뚤 아저씨는 그 말을 듣자마자 알아차렸어요.

삐뚤 아저씨는 한 번에 네 계단씩 뛰어 올라가며
소리쳤어요.
"왔구나, 왔어! 이렇게 기쁠 수가!"

삐뚤 아저씨는 허리를 굽혀 꾸러미를
집어 들었어요.
그리고 막 끈을 풀려고 했지요.
그 때 빼뚤 아줌마가 돌처럼 딱딱한 목소리로,
조용히 말했어요.
"그건 내 거예요."

얼음처럼 냉랭한 목소리였지요.
눈빛도 무서웠어요.
삐뚤 아저씨는 꾸러미를 내려놓고 슬그머니
물러났어요. 너무 놀라서 대꾸조차
할 수 없었어요.

이제껏 빼뚤 아줌마는 한 번도 그런 눈빛을
한 적이 없었어요. 그런 목소리로 말한 적도
없었고요.
삐뚤 아저씨가 빼뚤 아줌마에게 뭘 양보한 적도
없었지요.

삐뚤 아저씨는 정원으로 돌아왔어요.
정말 이상했어요.
아주 슬프고 실망스러웠지요.

삐뚤 아저씨는 오랫동안 그 소포 꾸러미를
기다렸어요. 어서 끈을 풀고 상자에 뭐가 들었나
보고 싶었어요. 꾸러미를 너무 열어 보고 싶어
속이 탈 지경이었어요.

소포는 삐뚤 아저씨와
빼뚤 아줌마가 꽤 오래 전에
주문한 것이었어요.
빼뚤 아저씨는 또렷이 기억하고
있어요. 그 광고를요.

그런데 빼뚤 아줌마 혼자 꾸러미를
독차지하겠다니!

하루하루가 지나갔어요.
슬프거나 즐겁거나
시간은 지나가잖아요.
삐뚤 아저씨의
머릿속엔 온통 그 반짝이는
파란 꾸러미뿐이었어요.

'꾸러미 안에 뭐가 들었을까?'
하지만 그보다 더 궁금한 게 있었어요.

'왜지?'
삐뚤 아저씨는 생각하고 또 생각했어요.
'왜 저 사람은 꾸러미를 열어 보지 않을까?'

빼뚤 아줌마는 낮이나 밤이나 꾸러미를 옆에
두었어요. 하지만 끈을 풀지는 않았어요.
꾸러미를 차지하고만 있으면 그 안에 뭐가
들어 있든 전혀 상관 없다는 듯 말예요.
'놀라운 비밀'은 차츰 작아지고 있었어요.

한 해가 지나고 또 한 해가 지났어요.
슬프거나 즐겁거나 시간은 지나가잖아요.
그 동안 삐뚤 아저씨는 빼뚤 아줌마가 방을 비운 사이
몇 번이나 꾸러미를 열어 보려고 했어요.
하지만 그럴 때마다 빼뚤 아줌마가
헐레벌떡 달려와서는 얼음 같은 목소리로
이렇게 말하는 것이었어요.
"이건 내 거라구요."

이제는 점점 화가 나기 시작했어요.
분노는 점점 커지고,
뜨겁고 빨갛게 달아오르더니,
마침내 쾅! 터져 버리고 말았어요.
삐뚤 아저씨는 생각했어요.
'소포 꾸러미가 오지 않았으면 좋았을걸.'

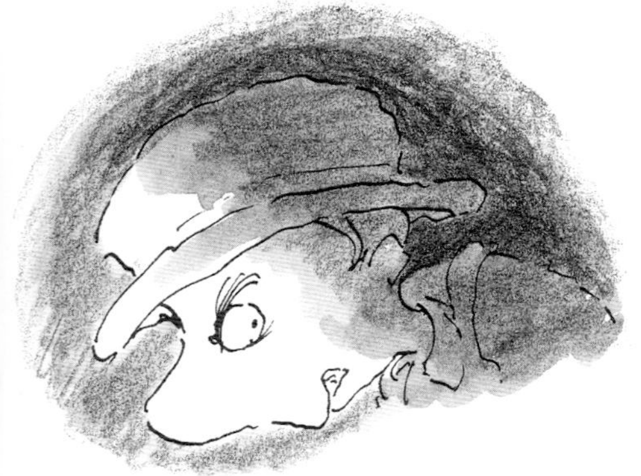

그리고 마침내, 소포 같은 건 아무래도 상관 없다고
생각했지요.
"흥! 별거 아닐 거야."
삐뚤 아저씨는 중얼거렸어요.

삐뚤 아저씨는 꾸러미를 발로 걷어찼어요.
집어 던지기도 했어요. 파란색 소포 꾸러미는
찢어지고 여기저기 움푹 파이고 흠집이 나서
정말 볼품이 없어졌어요.
"누가 너 같은 꾸러미를 갖고 싶겠어?"
삐뚤 아저씨는 으르렁거리며 망가진 소포를
비웃었어요.

하루하루 지날수록 삐뚤 아저씨는 더욱 화가 났고,
한 해 한 해 지날수록 더욱 사나워졌어요.
소포 꾸러미를 보면 소리를 질러 댔지요.
그 목소리가 어찌나 큰지 작은 집 유리창이
덜덜 흔들릴 정도였어요. 그러지 않아도
웅크리고 있던 작은 집이 더욱 움츠러들었어요.

그렇다고 빼뚤 아줌마 마음이 바뀌진 않았어요.
여전히 그 꾸러미를 차지하고 있었지요.
파란 포장지는 찢어져서 더 이상 반짝이지
않았어요. 끈은 엉키고 윤기를 잃어버려
지저분했어요.
꾸러미 안에 있던 '놀라운 비밀'도 마구 뒤엉켜
마법이 희미해져 가고 있었어요.

꾸러미는 점점 더 볼품 없어졌고,
삐뚤 아저씨는 꾸러미를 더욱더 미워했어요.
삐뚤 아저씨가 비웃을 때마다 초라하고
빛이 바랜 파란색 꾸러미 안에 있는 신비롭고
놀라운 비밀은 더욱 엉클어지고 꼬여 갔어요.
결국 아무런 마법도 남아 있지 않게 되었지요.

이제 꾸러미에겐 '누가 끈을 풀어 주었으면'
하는 기대가 사라져 가고 있었어요.

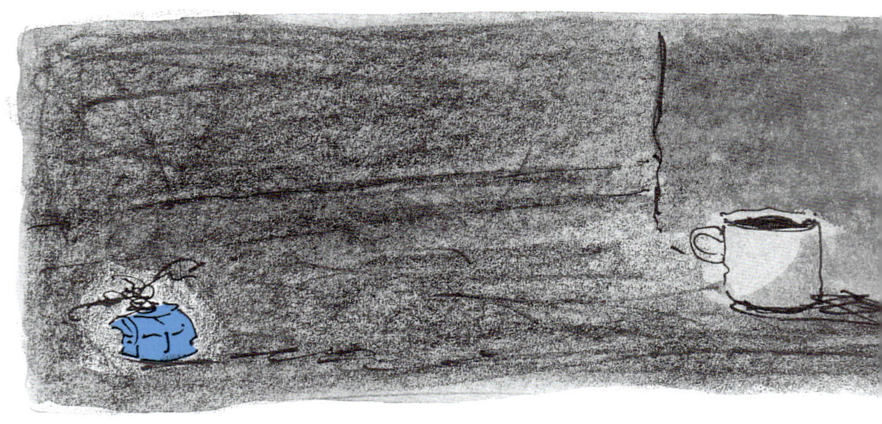

삐뚤 아저씨가 꾸러미를 미워하게 되자,
빼뚤 아줌마는 속으로 '만세!'를 불렀어요.
마음놓고 꾸러미를 차지하게 되었으니까요.
빼뚤 아줌마는 꾸러미를 아무 데나
두게 되었어요.
나중에는 어디 있는지조차 잊어버렸어요.

그 뒤로 아주 오랫동안, 파란 꾸러미는
발에 차이고 아무렇게나 뒹굴며 지냈지요.
빛 바래고 초라하고 여기저기 찢긴 채로요.
꾸러미는 '누가 자기를 열어 주었으면' 하고
바랐답니다.

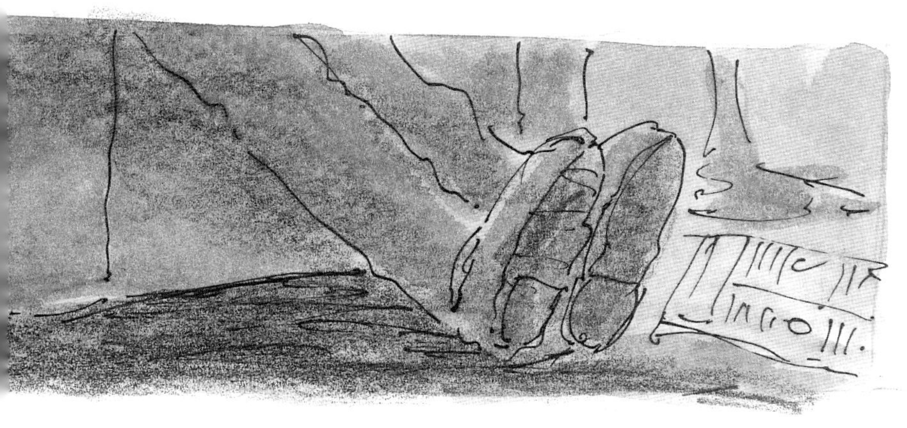

한 해 한 해가 지났어요.
슬프거나 기쁘거나 말이에요.
빛이 바랜 꾸러미는 어두운 구석에 숨어 지냈어요.
끈이 풀리면 어떤 기분일까 궁금해하면서요.
그러는 동안에도 꾸러미 안의 '놀라운 비밀'은
　　　　　　　뒤엉키고 더 꼬여 갔어요.

그러던 어느 날, 마침내
꾸러미는 결심했어요.
"아무리 기다려도 나를
풀어 주는 사람이 없군.
이젠 혼자 풀 수밖에."

어느 어두운 밤, 꾸러미는 몰래
끈의 맨 끄트머리를 찾기 시작했어요.
불가능해 보였지만 포기하지 않았어요.
엉킨 실타래를 풀어 나가면서
꾸러미는 아주 기뻤어요.

몇 날 며칠에 걸친 노력 끝에 드디어 엉킨 끈의
맨 끄트머리를 찾았어요. "됐다!"
바로 그 때, 삐뚤 아저씨와 빼뚤 아줌마가
방으로 들어왔어요.

삐뚤 아저씨와 빼뚤 아줌마는 머리 끝까지
화가 났어요. 그리고 버럭 소리를 질렀어요.

그렇게 심하게 화를 낸 적은 없었지요.

으르렁 으르렁, 꽥꽥! 목소리가 얼마나 큰지
유리창이 다 깨져 버릴 것 같았어요.
작은 집은 지붕이 땅에 닿을 만큼 납작하게
움츠러들었어요. 꾸러미는 그만 데굴데굴
길가로 굴러 떨어졌지요.

다음 날 이른 새벽, 해가 뜨기도 전에 한 아이가
거리를 뛰어왔어요. 바름이는 휘파람을 불면서
집집마다 신문을 던져 넣었지요.
그 때 작은 꾸러미가 발에 차였어요.
바름이는 뭐가 있나 보려고 허리를 굽혀
손전등을 비췄어요.
그러고는 신이 나서 춤을 추었어요.

바름이는 작은 꾸러미들을 아주 좋아했거든요.

'누구 걸까?'
바름이는 손전등을 비춰
가며 꾸러미를 요리조리
살펴보았어요.
꾸러미에는 이름도 없고
주소도 없었어요. 아주 낡아서
빛이 바랬고, 누군가에게
버림받은 듯 가여워 보였어요.
바름이는 조심스레 꾸러미를 집으로 가지고 와서
식탁 위에 내려놓았어요.

바름이는 상자를 열어 볼 기대로
잔뜩 부풀었어요.
다 낡고 해진 파란 꾸러미에 들어 있을
온갖 보물이 떠올랐지요.

바름이는 엉킨 끈을 자르려고 가위를 찾아
왔어요. 그런데 이게 웬일일까요?
바름이는 꾸러미가 움직였다는 걸 알아차렸어요.
저 혼자서 말이에요! 꾸러미는 식탁 끝
모서리에서 몸을 바짝 웅크리고 있었어요.
바닥으로 툭 떨어질 것 같았지요.
바름이는 한 발 한 발 다가갔어요.
꾸러미는 점점 움츠러들었어요.
바름이를 무서워하고 있었던 거예요!

바름이는 아주 상냥하게 말을 걸었어요.
꾸러미는 놀랐어요. 삐뚤 아저씨처럼 고래고래
소리를 지를 거라고 생각했거든요.

바름이는 얼른 매듭을 자르고 포장을
뜯고 싶었지만 꾸러미가 너무 가엾고
겁먹은 듯 보였어요.
그래서 가위를 멀리 치워 버렸어요.
대신 손가락으로 조심스럽게 가만가만,
뒤엉킨 끈을 풀어 내기 시작했어요.
매듭을 풀다가 힘들어지면 한쪽에 놓아 두었어요.
그리고 다음 날 다시 풀었어요.
아직도 매듭은 덤불처럼 엉켜 있었어요.

매일매일 바름이는 참을성 있게 끈을 풀었어요.
안에 뭐가 들어 있을까 기대하면서요.
오랫동안 꿈꾸어 온 멋진 보물들을 생각하면서요.

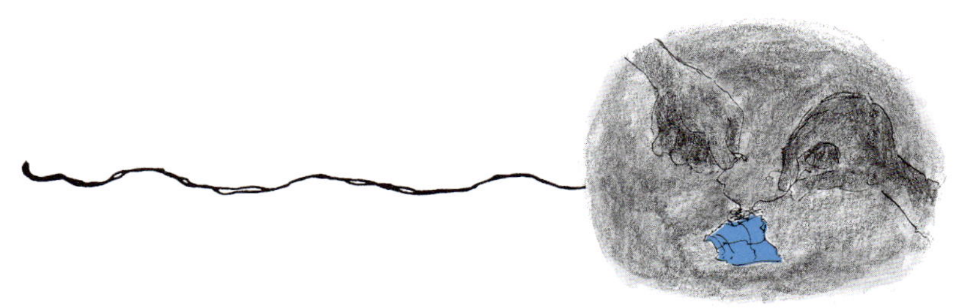

바름이는 움푹 들어간 곳을 바르게 펴고
끈을 잡아당기려고 했어요. 그러자 꾸러미는
아픈 듯 몸을 움츠리며 떨었어요.
지난 고통이 떠올라 가슴이 덜컹했거든요.

바름이는 이따금 꾸러미에게 이야기를 들려
줬어요. 휘파람이나 노래를 불러 주기도 했지요.

조용하게 말을 걸기도 했어요.
"있잖아, 매듭이 풀어지면 말야. 너는 세상에서
가장 멋지고 훌륭한 소포 꾸러미가 될 거야."
그 순간, 바름이도 모르는 사이, 아주 조금씩
그리고 아주 천천히 상자 안으로
마법이 돌아오고 있었어요. 그리고 아주 조금씩
그리고 아주 천천히 얽혀 있던 '놀라운 비밀'이
저절로 매듭을 풀기 시작했어요.

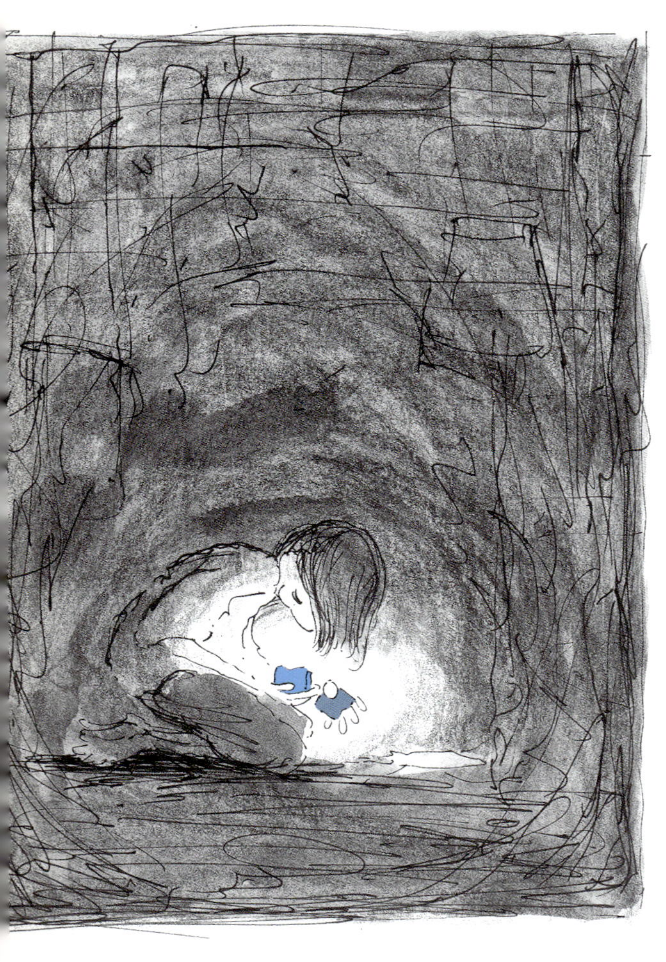

마침내 엉켜 있던 마지막 매듭을 풀던 날,
바름이는 단숨에 종이를 벗겨 내고
안에 들어 있는 것을 보고 싶었어요.
마음이 날아갈 것 같았지요.
꾸러미도 행복했어요. 하지만 두렵기도 했어요.

바름이는 천천히,
그리고 살며시 끈을 치우고
파란 포장지를 벗겨 냈어요.
마침내 너덜너덜해진 상자가 모습을 드러냈지요.

바름이의 손이 바들바들 떨렸어요.
바름이는 눈을 커다랗게 뜨고 몸을 숙였어요.
"앗!"
그것은 상상했던 것보다 훨씬 더 멋졌어요.
가슴이 벅차 올랐어요.
바름이는 두 눈을 감은 채 미소를 지었지요.
그리고 다시 눈을 뜨고 내려다보았어요.
뚜껑 바로 아래에 작은 쪽지가 붙어 있었어요.

여러분은 혹시 평소에 관심 두지 않았던 무언가
없어지고 난 뒤에야 허전하고 섭섭하고
다시 돌아왔으면 하고 바랐던 적이 있나요?
삐뚤 아저씨와 빼뚤 아줌마가 바로 그랬답니다.

둘은 한 번도 그 소포에
대해 이야기하지 않았어요.
꾸러미가 보고 싶다는 말도요.
그래도 속으론 보고 싶었지요.
몰래 꾸러미를 기다리며
되돌아왔으면 하고 바랐답니다.

하루하루가 지날수록
삐뚤 아저씨는 목소리가 커졌고
자주 화를 냈어요. 그리고 정원을 가꾸었지요.
또 매일매일 기다렸어요. 하지만 빼뚤 아줌마에게
기다린다는 말은 하지 않았어요.

날이 갈수록 빼뚤 아줌마는 조용해지고
겁이 많아졌어요. 더욱 열심히 쓸고 닦고 먼지를
털어 냈지요. 그리고 매일 기다렸어요.
하지만 삐뚤 아저씨에게는 말하지 않았어요.

어느 날 아침, 문 두드리는 소리에 삐뚤 아저씨는
침대에서 일어났어요.

"무슨 소리지?"

삐뚤 아저씨는 한 번에
두 계단씩 뛰어내려가서
현관문을 열었어요.
그리고 살며시 바깥을
내다보았지요.

아, 드디어 왔어요.

"왔다!" 삐뚤 아저씨가 저도 모르게 소리쳤어요.
빼뚤 아줌마는 그 말을 듣자마자 알아차렸어요.

빼뚤 아줌마는 한 번에 네 계단씩
뛰어내려갔어요. 그리고 소리쳤어요.
"왔구나, 왔어!"

바름이는 미소를 지으며 꾸러미를 전해 주었어요.

삐뚤 아저씨와 빼뚤 아줌마는 마주 바라보았어요.

그러고는 기쁨에 넘쳐 함께 외쳤어요.

"우리 같이 열어 봐요!"

삐뚤 아줌마는 꾸러미를 삐뚤 아저씨의 손에
놓았어요. 삐뚤 아저씨는 웃고 있었어요!

삐뚤 아저씨가 그렇게 웃은 적은 한 번도 없었어요.

아주 조심스럽고 아주 부드럽게 삐뚤 아저씨는
깔끔하게 묶어 놓은 끈을 풀고는
아주 조심스럽고 아주 부드럽게 포장지를
벗겨 냈어요. 그리고 상자 뚜껑을 들어 올렸어요.

삐뚤 아저씨와 빼뚤 아줌마는 허리를 구부려
상자 안을 들여다보았어요. 순간 숨도 쉴 수
없을 만큼 가슴이 벅차 올랐지요.
한 번도 지어 본 적 없는 미소가 얼굴에 번졌어요.
그 안에는 작은 유리 조개가 들어 있었어요.
유리 조개는 오래 전 꾸러미가 그랬던 것처럼
파랗게 반짝이고 있었어요.

삐뚤 아저씨는 푸른 조개를 집어 들어
빼뚤 아줌마에게 건네 주었어요. 빼뚤 아줌마는
그것을 꼭 감싸 쥐었어요. 그러자 푸른 조개가
점점 따뜻해졌어요.
그 때였어요. 조개 안에 들어 있던 '놀라운 비밀'이
마법을 부리기 시작한 거예요.
"우리 이제 함께 나누도록 해요."
빼뚤 아줌마가 말했어요.
"이건 '우리' 거예요."

빼뚤 아줌마가 이렇게 말한 적은 한 번도
없었어요. 그렇게 씩씩한 목소리로 말하다니,
삐뚤 아저씨는 놀라서 아무 말도 못했어요.
삐뚤 아저씨는 조개를 손에 쥐고
빼뚤 아줌마를 꼭 껴안았어요.
삐뚤 아저씨의 손 안에서도 조개가 따뜻해졌어요.
그리고 '놀라운 비밀'이 또다시
마법을 부리기 시작했지요.
삐뚤 아저씨의 마음에 박혀 있던 날카롭고 빨갛고
차디찬 분노가 녹아 내리기 시작했어요.
태어나 처음 삐뚤 아저씨의 마음에 따스함과
기쁨이 피어올랐어요.

마법은 시간이 지날수록 강해졌고
오래도록 사그라지지 않았어요.
그 모습을 바라보는 바름이 역시
머리 끝에서 발 끝까지 따뜻한 황금빛 햇살이
차 오르는 듯한 기쁨을 느꼈어요.
바름이가 옳았어요.
이 꾸러미야말로 세상 모든 꾸러미 중에서
최고로 멋지고 훌륭한 것이었어요.

한 해 한 해가 아주 빠르게 지나갔어요.
기쁜 일만 계속되면 시간이 빠르게 흐르는 것
같잖아요. 그 조개가 가진 '놀라운 비밀'은
나타났다가 사라지기도 하고
변하기도 하고 자라나기도 했지요.
하지만 결코, 결코 닳아서 없어지지는 않았답니다.